P9-BIR-209

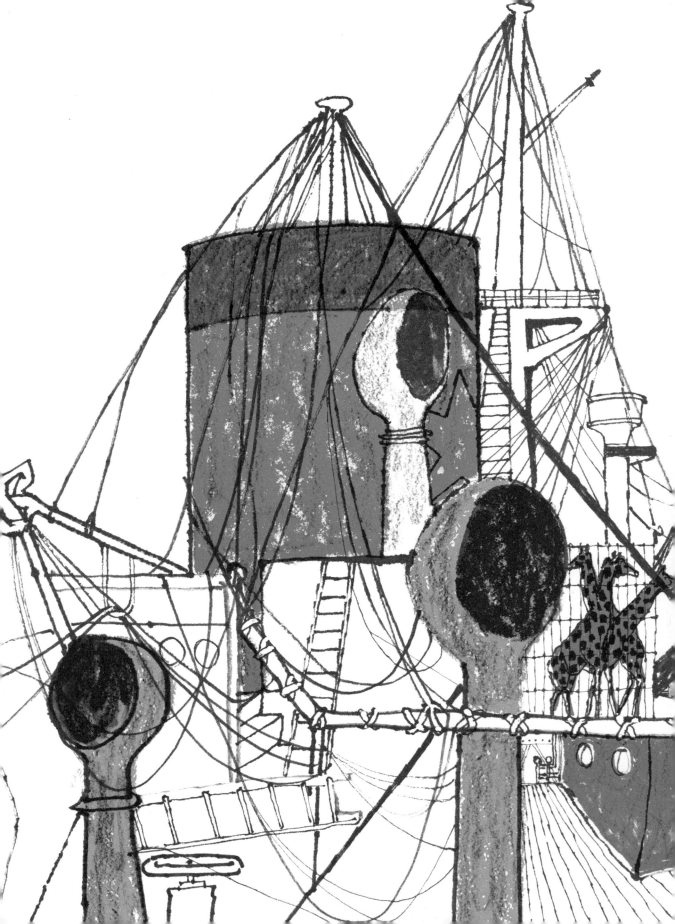

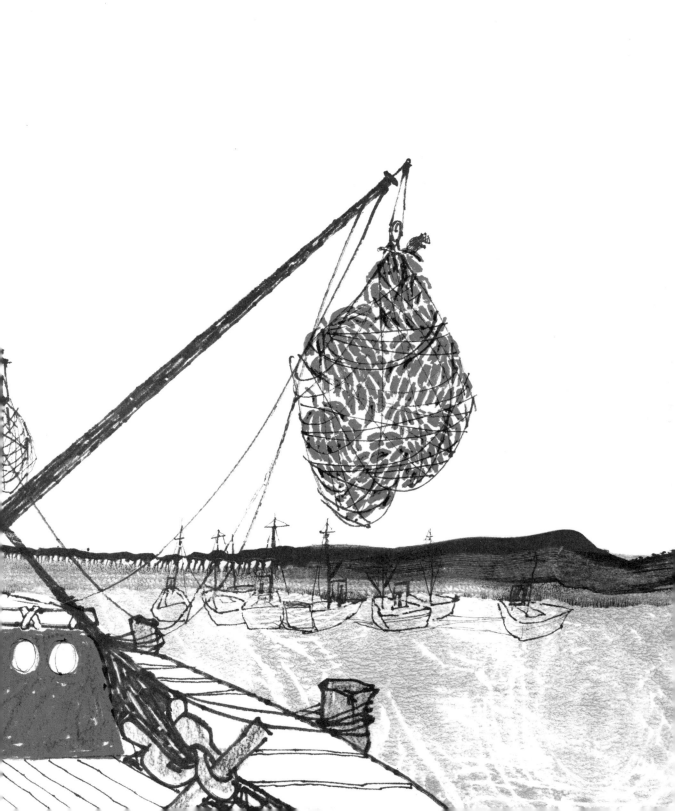

SAM, BANGS Y
HECHIZO DE LUNA

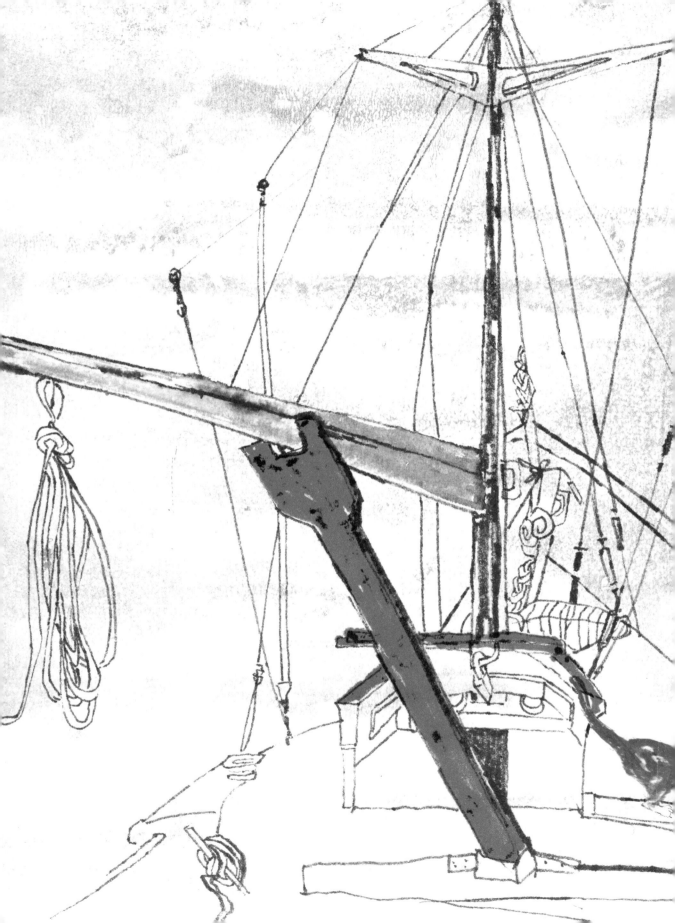

SAM, BANGS

Y

HECHIZO DE LUNA

Escrito e ilustrado por
EVALINE NESS
Traducido por Liwayway Alonso

LECTORUM
PUBLICATIONS, INC.
111 EIGHTH AVE., NEW YORK, NY 10011-5201

SAM, BANGS Y
HECHIZO DE LUNA

Había una vez una niña que vivía en una
pequeña isla junto a un gran puerto. Era hija de un
pescador y tenía la incorregible costumbre de mentir.
Su nombre era Samantha, pero todos la llamaban
Sam.

Ni aun los marineros que regresaban de mares
lejanos eran capaces de contar historias tan
extraordinarias como las que Sam contaba. Ni los
barcos que atracaban en el puerto, con cargamentos
tan exóticos como jirafas y jerbos, poseían tantas
maravillas como Sam.

Sam decía que su madre era una sirena, aunque todos sabían que había muerto.

Sam aseguraba que tenía un feroz león y un bebé canguro en su casa. Pero, *en realidad*, sólo tenía un gato viejo y sabio llamado Bangs.

Sam sostenía, incluso, que Bangs podía hablar si quería y siempre que le apetecía.

Sam decía esto, Sam decía aquello. Pero dijera lo que dijese, no podías creerlo.

Hasta Bangs bostezaba y sacudía la cabeza cuando ella insistía en que la vieja y raída alfombra de la puerta era un carruaje tirado por dragones.

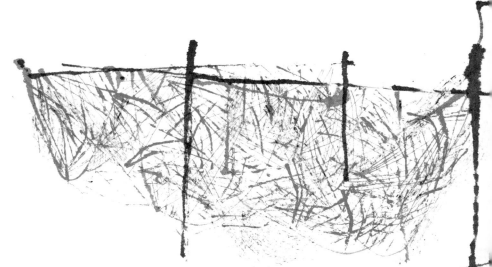

Una mañana, muy temprano, cuando se disponía a salir de pesca, el papá de Sam la abrazó fuertemente y le dijo:

—Hoy, para variar, habla de la REALIDAD, no de los HECHIZOS DE LUNA. El HECHIZO DE LUNA trae problemas.

Sam se lo prometió. Pero, mientras fregaba los platos, hacía las camas y barría el suelo, la niña se preguntaba qué habría querido decir.

Cuando le pidió a Bangs que le explicara qué era la REALIDAD y qué era el HECHIZO DE LUNA, Bangs le saltó al hombro y maulló:

—HECHIZO DE LUNA es *fantatrolas*. REALIDAD es lo contrario.

La explicación de Bangs no tenía ningún sentido, pensó Sam.

Cuando el sol dibujaba una estrella dorada sobre la
ventana rota, Sam sabía que Thomas estaba a punto
de llegar.

Thomas vivía en la casona de la colina. Tenía dos
vacas en el establo, veinticinco ovejas, una bicicleta
con una cesta y un patio para jugar. Pero lo más
importante de todo, Thomas creía cada palabra que
decía Sam.

Todos los días, a la misma hora, Thomas,
montado en su bicicleta, descendía la colina hasta la
casa de Sam para suplicarle que le enseñara su bebé
canguro.

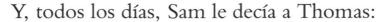

Y, todos los días, Sam le decía a Thomas:

—El canguro acaba de salir.

Sam enviaba a Thomas para que lo buscara por todas partes. Le ordenaba que subiera a los árboles más altos donde, decía, que el canguro había ido a visitar a los búhos. O, quizás estuviera en lo alto del antiguo molino, moliendo maíz para su cena.

—A lo mejor está en el faro—decía Sam—haciendo señales a los barcos.

—Acaso está dormido en la arena —indicaba ella—.
En algún rincón de la playa.

Thomas iba a dondequiera que Sam le mandara.
Trepaba a los árboles, corría escaleras abajo y
registraba toda la playa, pero nunca encontraba al
bebé canguro de Sam.

Mientras Thomas buscaba, Sam se sentaba en su
carruaje, tirado por dragones, y viajaba por mundos
secretos y lejanos.

Aquel día, cuando Thomas llegó, Sam le dijo:

—El bebé canguro acaba de marcharse para visitar a mi madre, la sirena, que vive en la cueva detrás de la Roca Azul.

Sam vio cómo corría Thomas en su bicicleta por el estrecho camino que se extendía hasta una enorme roca azul que se veía en la distancia. Sam se sentó en su carruaje y Bangs salió de la casa y se sentó junto a ella. Bangs volvió la cabeza siguiendo con la vista a Thomas que se perdía a lo lejos, y dijo:

—Cuando sube la marea, cubre el camino que va a la Roca Azul. Hoy la marea subirá pronto.

Sam miró a Bangs por un momento. Luego dijo:

—Perdona, pero me voy a la Luna.

Bangs se levantó. Estiró las patas delanteras. Luego, estiró las patas traseras. Y se alejó despacio, enfadado, hacia la Roca Azul.

De pronto a Sam se le quitaron las ganas de ir a la Luna, ni a ningún otro sitio. Se quedó sentada en su carruaje, pensando en Bangs y en Thomas.

Estaba tan absorta en sus pensamientos, que no se fijó en los nubarrones oscuros que ocultaban el sol. Tampoco escuchó el ruido amenazador del trueno. Estuvo a punto de caerse del escalón cuando, de pronto, una ráfaga de viento lanzó contra su cara un torrente de lluvia.

Sam entró corriendo en la casa y cerró de un portazo. Fue a la ventana para mirar la Roca Azul, pero, a través de la cortina gris de la lluvia, no pudo ver nada. Se preguntó dónde estarían Thomas y Bangs y permaneció allí, de pie, mirando al vacío, intentando tragar el nudo que se le había formado en la garganta.

La luz tenebrosa de la habitación se transformó en una oscuridad completa. Sam seguía asomada a la ventana cuando su padre irrumpió en la casa. Traía el sombrero y las botas chorreando agua. Sam corrió hacia él gritando:

—¡Bangs y Thomas están en la roca! ¡La Roca Azul! ¡Bangs y Thomas!

Su padre se volvió con rapidez, corrió fuera y ordenó a Sam que se quedara en la casa.

—¡Y reza para que la marea no haya cubierto la roca!—gritó.

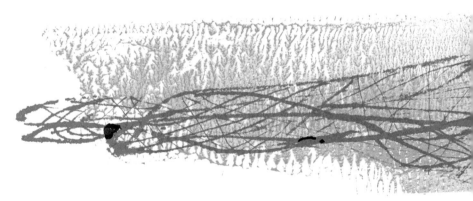

Cuando su padre se marchó, Sam se sentó. Escuchaba el martilleo de la lluvia sobre el tejado de zinc. De pronto, aquel sonido cesó. Sam cerró fuertemente los ojos y la boca. Esperó en la habitación silenciosa. Le pareció que esperaba una eternidad.

Por fin, oyó fuera los pasos de su padre. La niña abrió de golpe la puerta y pronunció una sola palabra:

—¿Bangs?

El padre de Sam negó con la cabeza.

—Lo arrastró la corriente—dijo—. Pero encontré a Thomas sobre la roca. Lo traje en la barca. Ya está en su casa, a salvo, en la cama. ¿Quieres contarme cómo sucedió todo esto?

Sam comenzó a explicar, pero los sollozos la ahogaban. Lloraba tanto, que su padre tardó mucho tiempo en comprenderlo todo.

Finalmente, el padre de Sam dijo:

—Es mejor que te vayas a la cama. Pero antes de dormirte, piensa en la diferencia que hay entre REALIDAD y HECHIZO DE LUNA.

Sam se fue a su habitación y se deslizó entre las sábanas. Con los ojos muy abiertos, comenzó a pensar en la REALIDAD y el HECHIZO DE LUNA.

HECHIZO DE LUNA era tener una madre sirena, un fiero león, un carruaje tirado por dragones y, por supuesto, un bebé canguro. Todo eran fantatrolas, como le había dicho Bangs. ¿Se lo *habría* dicho en realidad? ¿No le diría su padre que un gato que habla era HECHIZO DE LUNA?

REALIDAD era no tener madre. REALIDAD eran su padre y Bangs. Y ahora, ni siquiera era Bangs. De nuevo, los ojos se le llenaron de lágrimas; éstas rodaron hasta introducirse en sus oídos produciéndole un sonido como de arañazos. Sam se incorporó y se sonó la nariz. Los arañazos no procedían de sus oídos. Venían de la ventana. Cuando Sam miró fijamente hacia la oscuridad, aparecieron dos enormes ojos amarillos, que le devolvían la mirada. Sam saltó de la cama y abrió la ventana. Allí estaba Bangs, calado hasta los huesos.

—¡Bangs! —gritó Sam, tomándolo en brazos y cubriéndolo de besos—. ¿Qué te ha pasado?

En pocas palabras, Bangs le contó que estaba sobre la roca con Thomas cuando, de repente, se encontró tendido al pie del faro, a una milla de distancia. Todo por culpa de las olas.

—¡Qué asco de agua! —gruñó Bangs, mientras se lavaba desde las orejas a las patas.

Sam acarició a Bangs.

—Bueno, por lo menos esto no es fantatrola. Sam se quedó callada. Levantó la vista y miró a su padre, que estaba de pie en la puerta.

—¡Mira! ¡Bangs ha vuelto! —gritó Sam.

—Hola, Bangs.

—¿Qué dices que no es fantatrola? —preguntó su padre.

—¡Bangs! ¡Y tú! ¡Y Thomas!—contestó Sam—.
Papá, ahora siempre recordaré la diferencia entre
REALIDAD y HECHIZO DE LUNA. Bangs y Thomas
casi se pierden por culpa del HECHIZO DE LUNA. Me
lo ha dicho Bangs.

—¿Te lo ha *dicho*?—le preguntó su padre.

—Bueno, me lo habría dicho *si* pudiera hablar—
dijo Sam. Luego, añadió con tristeza:

—Sé que los gatos no pueden hablar como las
personas; pero casi llegué a creer que *tenía* un bebé
canguro.

Su padre la miró fijamente.

—Hay HECHIZOS DE LUNA buenos y HECHIZOS DE LUNA malos—dijo—. Lo importante es saber distinguirlos.

Le dio un beso de buenas noches y salió de la habitación.

Cuando su padre cerró la puerta, Sam dijo:

—Sabes, Bangs, creo que voy a quedarme con mi carruaje. Esta vez Bangs no bostezó, ni sacudió la cabeza. En cambio, le lamió la mano. Esperó a que ella se acostara, se enroscó a sus pies y se quedó dormido.

A la mañana siguiente, cuando abrió los ojos, Sam vio . . . ¡algo increíble! Un animalito extraño, de ojos grandes y larga cola, como la de un león, avanzaba hacia ella, dando saltos sobre sus patas traseras. Tras él venían Bangs y su padre.

—¡Un bebé canguro!—gritó Sam—. ¿Dónde lo has encontrado?

—*No* es un bebé canguro—dijo su padre—. Es un jerbo. Lo encontré en el puerto, en un barco bananero africano.

—¡Por fin, Thomas podrá ver un bebé canguro!—exclamó muy contenta.

Su padre la interrumpió:

—Déjate de HECHIZOS DE LUNA, Sam. Llámalo por su nombre REAL. De todas formas, Thomas no podrá venir hoy. Está enfermo, en la cama, tiene laringitis. Ni siquiera puede hablar. Además, perdió su bicicleta durante la tormenta.

Sam miró al jerbo. Acarició con cuidado su diminuta cabeza, y sin levantar los ojos dijo:

—Papá, ¿crees que debería regalarle el jerbo a Thomas?

Su padre no contestó. Bangs se lamía la cola.

De pronto, Sam gritó:

—¡Vamos Bangs!

Saltó de la cama y se puso los zapatos. Al tiempo que se ponía el abrigo, tomó el jerbo y salió corriendo de la casa, con Bangs pegado a sus talones. No se detuvo hasta llegar a los pies de la cama de Thomas.

Con mucho cuidado, puso el jerbo sobre el vientre del niño. El pequeño animal se alzó sobre sus patas traseras, y miró fijamente a Thomas, con sus enormes ojos redondos.

—¿Có-oooo-mo se llama?—susurró Thomas sobresaltado.

—HECHIZO DE LUNA—contestó Sam, mientras miraba a Bangs con una amplia sonrisa.